Maxim Gorki

# In der Steppe

Максим Горький

## В степи

CLASSIC PAGES

M. Gorki/М. Горький

**In der Steppe/В степи**

zweisprachige Ausgabe/двуязычное издание

*Reihe: classic pages*

Auflage 2010  |  ISBN: 978-3-86267-014-7

Europäischer Literaturverlag GmbH

Umschlag: Ausschnitt aus dem Gemälde „Die Steppe" von A. I. Kuindschi/Обложка: „Степь"А. И. Куинджи.

www.classic-pages.de

# In der Steppe

# В степи

Wir verließen Perekop in der häßlichsten Seelenstimmung – hungrig wie Wölfe und böse auf die ganze Welt. Im Verlauf eines ganzen Tages hatten wir erfolglos alle unsere Talente und Anstrengungen in Anwendung gebracht, um etwas zu stehlen oder zu verdienen, und als wir uns endlich überzeugt hatten, daß uns weder das eine noch das andere gelang, entschlossen wir uns, weiterzugehen. Wohin? Überhaupt weiter.

Das war der einstimmige und von uns einander ausgesprochene Entschluß, aber wir waren auch bereit, in allen Beziehungen auf dem Lebenspfade weiterzugehen, auf dem wir schon lange gingen, – das war ebenfalls von jedem von uns schweigend beschlossen, und wurde es auch nicht laut ausgesprochen, so blitzte es doch aus dem finsteren Glanze unserer hungrigen Augen.

Wir waren unserer drei; erst unlängst waren wir bekannt geworden, als wir in Cherson, in einer Schenke am Ufer des Dnjepr, zusammentrafen.

Einer von uns war Soldat beim Eisenbahnbataillon gewesen, dann – Wegemeister an einer der Weichselbahnen, ein rothaariger, muskulöser Mensch mit kalten, grauen Augen; er konnte Deutsch sprechen und verfügte über eine sehr genaue Kenntnis des Gefängnislebens.

Unsereiner liebt es nicht, viel von seiner Vergangenheit zu sprechen, immer mehr oder minder triftige Gründe dafür habend, und deshalb glauben wir alle einander – wenigstens äußerlich; denn innerlich glaubt jeder von uns kaum sich selbst.

Мы вышли из Перекопа в самом сквернейшем настроении духа — голодные, как волки, и злые на весь мир. В продолжение половины суток мы безуспешно употребляли в дело все наши таланты и усилия для того, чтобы украсть или заработать что-нибудь, и, когда убедились наконец, что ни то, ни другое нам не удастся, решили идти дальше. Куда? Вообще — дальше.

Мы готовы были пойти и во всех отношениях дальше по той жизненной тропе, по которой давно уже шли, — это было молча решено каждым из нас и ясно сверкало в угрюмом блеске наших голодных глаз.

Нас трое; мы все недавно познакомились, столкнувшись друг с другом в Херсоне, в кабачке на берегу Днепра.

Один — солдат железнодорожного батальона, потом — якобы — дорожный мастер, рыжий и мускулистый человек, с холодными, серыми глазами; он умел говорить по-немецки и обладал очень подробным знанием тюремной жизни.

Наш брат не любит много говорить о своем прошлом, всегда имея на это более или менее основательные причины, и потому все мы верили друг другу — по крайней мере наружно верили, ибо внутренне каждый из нас и сам-то себе плохо верил.

Als unser zweiter Gefährte, ein dürres, kleines Männchen mit dünnen, immer skeptisch vorgeschobenen Lippen, von sich sagte, daß er ein ehemaliger Student der Moskauer Universität sei – nahmen der Soldat und ich das für ein Faktum. In Wirklichkeit war es uns entschieden gleich, ob er irgendwann Student, Spitzel oder Dieb gewesen war. Wichtig war nur, daß er im Moment unserer Bekanntschaft uns gleich war. Er hungerte, genoß die besondere Aufmerksamkeit der Polizei in den Städten und ein mißtrauisches Verhalten der Bauern in den Dörfern, haßte jene und diese mit dem Haß des ohnmächtigen, verjagten, hungrigen Tieres, träumte von einer Universalrache an allen und allem, – mit einem Worte, er war sowohl durch seine Position unter den Herren der Natur und Beherrschern des Lebens wie durch seine Stimmung unseres Feldes Frucht.

Das Unglück – ist der dauerhafteste Zement für die Vereinigung der Naturen, selbst auch einander gerade entgegengesetzter; und von dem Rechte, uns für unglücklich zu halten, waren wir alle überzeugt.

Der Dritte war ich. Aus Bescheidenheit, die mir seit meiner Jugend eigen ist, sage ich kein Wort von meinem Wert und schweige auch von meinen Fehlern, da ich nicht naiv zu erscheinen wünsche. Aber meinetwegen, als Material zu meiner Charakteristik sage ich, daß ich mich stets für besser als andre hielt und erfolgreich bis heute damit fortfahre.

Und so hatten wir denn Perekop verlassen und gingen weiter, für diesen Tag die Schafhirten im Sinne habend, bei welchen man stets Brot erbitten kann, das sie wandernden Leuten sehr selten abschlagen.

Когда второй наш товарищ, сухонький и маленький человечек с тонкими губами, всегда скептически поджатыми, говорил о себе, что он бывший студент Московского университета, — я и солдат принимали это за факт. В сущности, нам было решительно все равно, был ли он когда-то студентом, сыщиком или вором, — важно было лишь то, что в момент нашего знакомства он был равен нам: голодал, пользовался особым вниманием полиции в городах и подозрительным отношением мужиков в деревнях, ненавидел и ту и других ненавистью загнанного, голодного зверя, мечтал об универсальной мести всем и всему, — одним словом, и по своему положению среди царей природы и владык жизни, и по настроению — был нашего поля ягода.

Третий был я. По скромности, со времен младых ногтей моих присущей мне, я ни слова не скажу о моих достоинствах и, не желая показаться вам наивным, умолчу о своих недостатках. Но, пожалуй, в виде материала для моей характеристики, я скажу, что всегда считал себя лучше других и успешно продолжаю заниматься этим до сего дня.

Итак, мы вышли из Перекопа и шли дальше, имея в виду чабанов, у которых всегда можно попросить хлеба и которые очень редко отказывают в этом прохожим людям.

Ich ging neben dem Soldaten, der »Student« schritt hinter uns. Auf seinen Schultern hing etwas, das an ein Jackett erinnerte; auf dem spitzen, eckigen, glattgeschorenen Kopfe ruhte der Überrest eines breitkrempigen Hutes; graue Hosen mit verschiedenfarbigen Flicken umspannten seine dünnen Beine, und zu Sohlen hatte er mit Bindfäden, die aus dem Unterfutter seines Kostüms gedreht waren, einen auf dem Wege gefundenen Stiefelschaft eingerichtet; er nannte dies Sandalen und ging schweigend, viel Staub aufwerfend, mit hin und wieder aufglänzenden, grünlichen, kleinen Augen. Der Soldat war mit einem roten Hemd aus Kumatsch[1] bekleidet, das er, seinen Worten nach, »eigenhändig« in Cherson erworben hatte; über dem Hemd hatte er noch eine warme, wattierte Weste; auf dem Kopfe trug er nach Soldatenart eine Militärmütze von unbestimmbarer Farbe; um die Beine baumelten weite Pluderhosen, wie ein Tschumak[2] sie trägt. Er war barfuß.

Ich war auch bekleidet und barfuß.

Wir gingen, und um uns breitete sich nach allen Seiten mit Riesenschwung die Steppe aus und lag da, bedeckt von der schwülen, blauen Kuppel des wolkenlosen Sommerhimmels, wie eine ungeheure, runde, schwarze Schüssel. In breitem Streifen durchschnitt sie der graue, staubige Weg und sengte unsere Füße. Stellenweise gerieten wir auf borstige Streifen gemähten Getreides, die eine merkwürdige Ähnlichkeit mit den lange nicht rasierten Wangen des Soldaten hatten.

Der Soldat ging und sang in heiserem Baß:

---

[1] Rotgefärbter, bucharischer Baumwollenstoff.
[2] Kleinrussischer Frachtfuhrmann.

Я шел рядом с солдатом, «студент» шагал сзади нас. На плечах у него висело нечто, напоминавшее пиджак; на голове — острой, угловатой и гладко остриженной — покоился остаток широкополой шляпы; серые брюки в разноцветных заплатах обтягивали его ножки, а к ступням он пристроил веревочками, свитыми из подкладки его костюма, найденное на дороге голенище сапога, назвал это сооружение сандалиями и шагал молча, поднимая много пыли и поблескивая зеленоватыми маленькими глазками. Солдат был одет в красную кумачовую рубаху, которую, по его словам, он «собственноручно» приобрел в Херсоне; сверх рубахи на нем был еще теплый ватный жилет; на голове, по воинскому уставу — «с заломом верхнего круга на правую бровь», — надета была солдатская фуражка неопределенного цвета; на ногах болтались широкие чумацкие шаровары. Он был бос.

Я тоже был одет и бос.

Вокруг нас во все стороны богатырским размахом распростерлась степь и, покрытая синим знойным куполом безоблачного неба, лежала, как громадное, круглое, черное блюдо. Серая, пыльная дорога резала ее широкой полосой и жгла нам ноги. Местами попадались щетинистые полосы сжатого хлеба, имевшие странное сходство с давно не бритыми щеками солдата.

Солдат шел и пел сиповатым басом:

... Und deine heilige Auferstehung singen und rüh–ühmen wir ...

In seiner Dienstzeit hatte er etwas wie das Amt eines Vorsängers in der Bataillonskirche gehabt und wußte eine zahllose Menge von Hymnen, Lobgesängen und Kirchenliedern, deren Kenntnis er jedesmal mißbrauchte, wenn unsere Unterhaltung aus irgendeinem Grunde nicht in Fluß kam.

Vor uns, am Horizont, erstanden Figuren von weichen Umrissen, in freundlichen Schattierungen von lila zu zartrosa.

»Augenscheinlich sind das die Krimschen Berge,« sagte der »Student« mit trockner Stimme.

»Berge?« rief der Soldat aus, »du siehst sie sehr früh, Freund. Wolken sind es ... einfach Wolken. Siehst du, was für welche ... wie Moosbeerenkissél[3] mit Milch...«

Ich bemerkte, daß es höchst angenehm wäre, beständen diese Wolken wirklich aus Kissél. Das erweckte plötzlich unsern Hunger – den Zorn unserer Tage.

»Ach, Teufel!« schimpfte der Soldat los, indem er ausspuckte, »wenn einem doch eine lebende Seele in den Wurf käme! Aber niemand ... Man wird, wie die Bären im Winter, an den eigenen Tatzen saugen müssen ...«

»Ich hab' gesagt, wir müßten nach bevölkerten Orten gehen,« sagte der »Student« belehrend.

---

[3] Kissél - eine säuerliche Mehlspeise.

— ...И святое воскресение твое поем и хва-а-алим...

Во время своей службы он был чем-то вроде дьячка батальонной церкви, знал бесчисленное множество тропарей, ирмосов и кондаков, знанием которых и злоупотреблял каждый раз, когда беседа наша почему-либо не вязалась.

Впереди, на горизонте, росли какие-то фигуры мягких очертаний и ласковых оттенков от лилового до нежно-розового.

— Очевидно, это и есть Крымские горы, — сказал «студент».

— Горы? — воскликнул солдат, — больно рано, друг, увидал ты их. Это... облака. Видишь, какие — точно клюквенный кисель с молоком...

Я заметил, что было бы в высшей степени приятно, если бы облака и в самом деле состояли из киселя.

— Ах, дьявол! — выругался солдат, сплевывая. — Хоть бы одна живая душа попалась! Никого... Приходится, как медведям зимой, собственные лапы сосать...

— Я говорил, что надо было к заселенным местам двигаться, — поучительно заявил «студент»...

»Du hast gesagt!« ereiferte sich der Soldat. »Dafür bist du auch gelehrt, um zu sagen. Was für bevölkerte Orte gibt's hier denn? Weiß der Teufel, wo sie sind!«

Der »Student« schwieg, die Lippen vorschiebend. Die Sonne ging unter, und die Wolken am Horizont spielten in verschiedenfarbigen, mit Worten nicht zu beschreibenden Farben. Es roch nach Erde und Salz.

Und dieser trockene, schmackhafte Geruch steigerte unsern Appetit noch mehr. Im Magen sog es. Das war eine sonderbare und unangenehme Empfindung: es war, als liefen aus allen Muskeln des Körpers langsam die Säfte aus und verdunsteten, und als verlören die Muskeln ihre natürliche Geschmeidigkeit. Eine Empfindung stechender Trockenheit erfüllte Mundhöhle und Schlund, im Kopf wurde es trübe, und vor den Augen tauchten beständig vorüberhuschende, schwarze Flecke auf. Manchmal nahmen sie das Aussehen dampfender Stücke Fleisch oder Brotlaibe an; die Erinnerung versah diese »Er-scheinungen des Vergangenen, diese stummen Erscheinungen«, mit den ihnen eigentümlichen Gerüchen, und dann war es, als drehe sich ein Messer im Magen um.

Wir gingen dennoch, indem wir unsere Empfindungen einander beschrieben, scharf Umschau haltend, ob nicht irgendwo eine Schafherde zu erblicken war, und lauschend, ob sich nicht das Knarren einer Tatarenarbá[4] hören ließ, die Früchte nach dem armenischen Markt brachte.

Aber die Steppe war leer und lautlos.

---

[4] Wagen mit hohen Rädern.

— Ты говорил! — возмутился солдат. — На то ты и ученый, чтобы говорить. Какие тут заселенные места? Черт их знает, где они!

«Студент» замолчал, поджав губы. Солнце садилось, облака на горизонте играли разнообразными, неуловимыми словом красками. Пахло землей и солью.

И от этого сухого, вкусного запаха наши аппетиты еще более усиливались.

В желудках сосало. Это было странное и неприятное ощущение: казалось, что из всех мускулов тела соки медленно вытекают куда-то, испаряются, и мускулы теряют свою живую гибкость. Ощущение колющей сухости наполняло полость рта и глотку, в голове мутилось, а перед глазами мелькали темные пятна. Иногда они принимали вид дымящихся кусков мяса, караваев хлеба; воспоминание снабжало эти «виденья былого, виденья немые» свойственными им запахами, и тогда в желудке точно нож повертывался.

Мы все-таки шли, делясь друг с другом описанием наших ощущений, зорко посматривая по сторонам — не видать ли где-либо отары овец, и слушая — не раздастся ли резкий скрип арбы татарина, везущего фрукты на Армянский базар.

Но степь была пуста, безмолвна.

Am Vorabend dieses schweren Tages hatten wir zu dreien vier Pfund Roggenbrot und fünf Arbusen gegessen, aber wir waren an vierzig Werst gegangen – die Ausgabe stimmte nicht mit der Einnahme! – und, eingeschlafen auf dem Marktplatz von Perekop, wachten wir vor Hunger auf.

Mit Recht hatte uns der Student geraten, uns nicht schlafen zu legen, sondern uns im Lauf der Nacht zu beschäftigen ... doch in anständiger Gesellschaft ist es nicht angebracht, laut von den Projekten der Verletzung des Eigentumsrechtes zu sprechen, und ich schweige. Ich will nur wahr sein, und in meinem Interesse liegt es nicht, grob zu sein. Ich weiß, daß die Leute in unsern hochkultivierten Tagen seelisch immer weicher werden, und selbst wenn sie ihren Nächsten an der Gurgel nehmen, mit der offenbaren Absicht, ihn zu erwürgen – so suchen sie dies mit der möglichsten Liebenswürdigkeit und mit Beobachtung allen im gegebenen Falle angebrachten Anstandes zu tun. Die Erfahrung meiner eigenen Gurgel veranlaßt mich, diesen Fortschritt der Sitten anzumerken, und mit dem angenehmen Gefühl der Überzeugung bestätige ich, daß sich alles in dieser Welt entwickelt und vervollkommnet. Im besondern wird dieser merkwürdige Prozeß schwerwiegend bestätigt durch die alljährliche Zunahme der Gefängnisse, Schenken und Häuser der Toleranz ...

Und so gingen wir durch die öde, schweigende Steppe, hungrigen Speichel schluckend und uns bemühend, durch freundschaftliche Unterhaltung den Schmerz im Magen zu unterdrücken, gingen in den rötlichen Strahlen des Sonnenuntergangs, voll unbestimmter Hoffnung auf etwas; vor uns ging die Sonne unter, leise versinkend in weichen, freigebig

Накануне этого тяжелого дня мы втроем съели четыре фунта ржаного хлеба и штук пять арбузов, а прошли около сорока верст — расход не по приходу! Заснув на базарной площади Перекопа, мы проснулись от голода.

«Студент» справедливо советовал нам не ложиться спать, а в течение ночи заняться... но в порядочном обществе не принято вслух говорить о проектах нарушения права собственности, я молчу. Я хочу быть только правдивым, не в моих интересах быть грубым. Я знаю, что люди становятся все мягче душой в наши высококультурные дни и даже, когда берут за глотку своего ближнего с явной целью удушить его, — стараются сделать это с возможной любезностью и соблюдением всех приличий, уместных в данном случае. Опыт собственной моей глотки заставляет меня отметить этот прогресс нравов, и я с приятным чувством уверенности подтверждаю, что все развивается и совершенствуется на этом свете. В частности, этот замечательный процесс веско подтверждается ежегодным ростом тюрем, кабаков и домов терпимости...

Так, глотая голодную слюну и стараясь дружеской беседой подавить боли в желудках, мы шли пустынной, безмолвной степью, в красноватых лучах заката; пред нами солнце тихо опускалось в мягкие облака, щедро окрашенные его лучами, а сзади нас и с боков

von ihren Strahlen gefärbten Wolken, und hinter uns und an den Seiten verengerte bläulicher Nebel, der von der Steppe zum Himmel aufstieg, den uns umringenden, unfreundlichen Horizont.

»Sammelt Material zum Feuer, Brüder,« sagte der Soldat, indem er irgendein Holzbröckchen vom Wege aufnahm. »Wir müssen in der Steppe übernachten ... es taut ... Getrockneten Kuhmist, Ruten, nehmt alles!«

Wir gingen auseinander, abseits vom Wege, und fingen an, trocknes Steppengras und alles Brennbare aufzulesen. Jedesmal wenn wir uns niederbückten, erhob sich im ganzen Körper das leidenschaftliche Verlangen, auf die Erde zu fallen, unbeweglich zu liegen und diese schwarze fette Erde zu essen, zu essen bis zur Erschöpfung und dann einzuschlafen, ob auch für immer. Nur essen, kauen und fühlen, wie der warme, dicke Brei aus dem Munde langsam durch die ausgetrocknete Speiseröhre in den gierigen, zusammengepreßten Magen hinuntergleitet, der vor Verlangen, irgendetwas in sich einzusaugen, brennt.

»Fände man wenigstens Wurzelzeug ...« seufzte der Soldat. »Es gibt solche eßbaren Wurzeln ...«

Aber in der schwarzen, aufgepflügten Erde gab es keine Wurzeln. Die südliche Nacht brach schnell herein, und der letzte Sonnenstrahl war kaum erloschen, als am dunkelblauen Himmel schon die Sterne erglänzten, und dunkle Schatten sich immer dichter um uns zusammenzogen, die endlose Ebene der uns umfangenden Steppe verengernd ...

»Brüder,« sagte der »Student« halblaut, »dort links liegt ein Mensch ...«

голубоватая мгла, поднимаясь со степи в небо, суживала неприветливые горизонты.

— Собирайте, братцы, материал для костра, — сказал солдат, поднимая с дороги какую-то чурбашку. — Придется ночевать в степи — роса! Кизяки, всякий прут — все бери!

Мы разошлись по сторонам дороги, собирая сухой бурьян и все, что могло гореть. Каждый раз, когда приходилось наклоняться к земле, в теле возникало страстное желание упасть и есть землю, черную, жирную, много есть, есть до изнеможения, потом — заснуть. Хоть навсегда заснуть, только бы есть, жевать и чувствовать, как теплая и густая кашица изо рта медленно опускается по ссохшемуся пищеводу в желудок, горящий от желания впитать в себя что-либо.

— Хоть бы коренья какие-нибудь найти... — вздохнул солдат. — Есть этакие съедобные коренья...

Но в черной вспаханной земле не было никаких кореньев. Южная ночь наступала быстро, и еще не успел угаснуть последний луч солнца, как уже в темно-синем небе заблестели звезды, а вокруг нас все плотнее сливались тени, суживая бесконечную гладь степи...

— Братцы, — вполголоса сказал «студент», — там влево человек лежит...

»Ein Mensch?« zweifelte der Soldat. »Was hat der denn da zu liegen?«

»Geh' und frag' ihn. Gewiß hat er Brot, wenn er sich in der Steppe hingelegt hat ...« erklärte der »Student«. Der Soldat blickte nach der Seite, wo der Mensch lag, und sagte, entschlossen ausspuckend:

»Gehen wir zu ihm!«

Nur die grünen, scharfen Augen des Studenten konnten unterscheiden, daß der dunkle Haufen, der sich etwa 50 Faden links vom Wege erhob, ein Mensch war. Wir gingen zu ihm, schnell über die Ackerklumpen schreitend, und fühlten, wie die in uns entstehende Hoffnung auf Essen den Schmerz des Hungers verschärfte. Wir waren schon nahe – der Mensch regte sich nicht.

»Vielleicht ist es gar kein Mensch –« sprach der Soldat mürrisch den uns allen gemeinsamen Gedanken aus.

Aber in demselben Augenblick wurde unser Zweifel zerstreut, denn der Haufen auf der Erde rührte sich plötzlich, wuchs, und wir sahen, daß es – ein wirklicher, lebendiger Mensch war, welcher kniete und die Hand gegen uns ausstreckte.

Und er sprach zu uns mit dumpfer, bebender Stimme:

»Kommt nicht heran – ich schieße!«

In der trüben Luft ertönte ein trocknes und kurzes Knacken.

Wir blieben stehen, wie auf Kommando, und schwiegen einige Sekunden, betäubt von diesem unliebenswürdigen Empfang.

— Человек? — усомнился солдат. — А чего ему там лежать?

— Иди и спроси. Наверное, у него есть хлеб, коли он расположился в степи.

Солдат посмотрел в сторону, где лежал человек, и решительно сплюнул.

— Идем к нему!

Только зеленые, острые глаза «студента» могли разобрать, что темная куча, возвышавшаяся саженях в пятидесяти влево от дороги, — человек. Мы шли к нему, быстро шагая по комьям пашни, и чувствовали, как зародившаяся в нас надежда на еду обостряет боли голода. Мы были уже близко — человек не двигался.

— А может, это не человек, — угрюмо выразил солдат общую всем мысль.

Но наше сомнение рассеялось в тот же момент, ибо куча на земле вдруг зашевелилась, выросла, и мы увидали, что это — самый настоящий, живой человек, он стоял на коленях, простирая к нам руку, и говорил глухим и дрожащим голосом:

— Не подходи, — застрелю!

В мутном воздухе раздался сухой, краткий щелчок. Мы остановились, как по команде, и несколько секунд молчали, ошеломленные нелюбезной встречей.

»Seht den Sch-schurken!« knurrte der Soldat ausdrucksvoll.

»Nun ja,« sagte der »Student« nachdenklich. »Geht mit einem Revolver ... wie's scheint, ein Fisch mit Rogen ...«

»He!« rief der Soldat, der sichtlich einen Entschluß gefaßt hatte.

Der Mensch schwieg, ohne seine Haltung zu ändern.

»He, du! Wir rühren dich nicht an ... gib uns nur Brot, ... vermutlich hast du was? Gib, Bruder, um Christi willen! ... Sei verflucht, du Hund!«

Die letzten Worte sprach der Soldat in seinen Bart.

Der Mensch schwieg.

»Hörst du?« fing der Soldat von Neuem mit einem Beben des Zorns und der Verzweiflung an zu sprechen. »Gib Brot, sage ich. Wir kommen nicht zu dir heran ... wirf es uns zu ...«

»Gut ...« sagte der Mensch kurz.

Er hätte zu uns »meine teuren Brüder!« sagen und in diese drei christlichen Worte alle heiligsten und reinsten Gefühle ergießen können, sie würden uns nicht so erregt und nicht so zu Menschen gemacht haben, wie dies dumpfe und kurze: »Gut!«

»Hab' keine Angst vor uns, guter Mensch,« sagte der Soldat weich, mit einem süßen Lächeln auf dem Gesicht, obwohl der Mensch sein Lächeln nicht sehen konnte, denn er war durch einen Zwischenraum von mindestens zwanzig Schritten von uns getrennt.

— Вот так мер-рзавец! — выразительно пробормотал солдат.

— Н-да, — задумчиво сказал «студент». — С револьвером ходит... видно, икряная рыба...

— Эй! — крикнул солдат, очевидно решив что-то.

Человек, не изменяя позы, молчал.

— Эй, ты! Мы не тронем тебя, — дай нам только хлеба — есть? Дай, брат, Христа ради!.. Будь ты, анафема, проклят!

Последние слова солдат произнес себе в усы.

Человек молчал.

— Слышишь? — с дрожью злобы и отчаяния снова заговорил солдат. — Дай, мол, хлеба! Мы не подойдем к тебе... брось нам его...

— Ладно, — кратко сказал человек.

Он мог бы сказать нам «дорогие братья мои!» — и, если б он влил в эти три слова все самые святые и чистые чувства, они не возбудили бы нас так и не очеловечили бы настолько, как это глухое краткое «ладно»!

— Ты не бойся нас, добрый человек, — мягко улыбаясь, заговорил солдат, хотя человек не мог видеть его улыбки, ибо был отделен от нас расстоянием по крайней мере в двадцать шагов.

»Wir sind friedliche Leute ... gehen aus Rußland nach dem Kuban ... haben unterwegs Geld verloren ... alles aufgegessen, was wir haben ... und jetzt schon den zweiten Tag nichts gefressen ...«

»Halt!« sagte der gute Mensch, indem er mit der Hand ausholte. Etwas Schwarzes flog vorbei und fiel nicht weit von uns auf den Acker. Der »Student« stürzte ihm nach.

»Nochmals halt! Nochmals! Mehr hab' ich nicht...«

Als der Student diese originelle Gabe aufgesammelt hatte, zeigte es sich, daß wir an vier Pfund altbackenes Weizenbrot hatten. Es war mit Erde beschmutzt und sehr hart. Ersteres hinderte uns nicht, und das andere erfreute uns sehr. Altbackenes Brot sättigt mehr als weiches, es ist weniger Feuchtigkeit darin.

»So ... und so ... und so!« teilte der Soldat die Stücke mit voller Gleichmäßigkeit. »Halt ... es ist nicht gleich! Gelehrter, dir muß ich ein Stückchen abzwacken, sonst hat er zu wenig ...«

Der »Student« unterwarf sich widerspruchslos dem Verlust eines Brotstückchens von etwa fünf Solotnik Gewicht; ich erhielt es und steckte es in den Mund.

Ich fing an zu kauen, langsam zu kauen, und konnte kaum die krampfhafte Bewegung der Kinnbacken aufhalten, die bereit waren, Steine zu zerkleinern. Es war mir ein scharfer Genuß, das hastige Zucken der Speiseröhre zu fühlen, und befriedigte sie allmählich, tropfenweise. Bissen auf Bissen, warm und unaussprechlich, unbeschreiblich schmackhaft, gelangte in den brennenden Magen, und es war, als ver-

— Мы люди смирные, — идем из России в Кубань... подшиблись деньгой в дороге, все с себя проели, — а теперь вот уж вторые сутки не жрамши...

— Держи! — сказал добрый человек, взмахнув рукой в воздухе. Черный кусок мелькнул и упал неподалеку от нас на пашню. «Студент» бросился за ним.

— Еще держи! Больше нет...

Когда «студент» собрал эту оригинальную подачку, оказалось, что мы имеем фунта четыре пшеничного черствого хлеба. Он был вывалян в земле и очень черств. Черствый хлеб сытнее мягкого: в нем меньше влаги.

— Так... и так... и так! — сосредоточенно распределял солдат куски. — Стой... не ровно! У тебя, ученый, надо ущипнуть кусочек, а то ему мало...

«Студент» беспрекословно подчинился утрате кусочка хлеба золотников в пять весом; я получил его, положил в рот.

И стал жевать, медленно жевать, едва сдерживая судорожное движение челюстей, готовых искрошить камень. Мне доставляло острое наслаждение чувствовать судороги пищевода и понемножку, капельками удовлетворять его. Глоток за глотком, теплые, неописуемо вкусные, проникали в желудок и, казалось, тотчас же превращались в кровь и мозг.

wandelten sie sich sogleich in Blut und Hirn. Freude, solch eine seltsame, stille und belebende Freude, erwärmte das Herz in dem Maße, wie sich der Magen füllte, und mein Gesamtzustand war einem Halbschlaf ähnlich. Ich vergaß diese verfluchten Tage chronischen Hungers und vergaß meine Gefährten, ganz vertieft in den Genuß der Empfindungen, die ich durchlebte.

Aber als ich die letzten Brotkrümchen aus der hohlen Hand in den Mund geschüttet hatte, fühlte ich, daß ich ein unüberwindliches Verlangen zu essen hatte.

»Der Verfluchte hat noch Speck oder Fleisch behalten ...« brummte der Soldat, der mir auf der Erde gegenübersaß und sich den Magen mit den Händen rieb.

»Sicherlich, denn das Brot roch nach Fleisch ... Ja, und Brot hat er vermutlich auch noch ...« sagte der »Student« und fügte ganz leise hinzu:

»Wäre nicht der Revolver ...«

»Wer mag er sein? ah?«

»Wie's scheint, auch einer von unsern Brüdern ...«

»Ein Hund!« gab der Soldat den Ausschlag. Wir saßen dicht zusammengedrängt und schielten dahin, wo unser Wohltäter mit dem Revolver saß. Kein Ton, kein Lebenszeichen kam von dort zu uns.

Die Nacht sammelte ihre dunklen Gewalten um uns. Todesstill war es in der Steppe – wir hörten einer des andern Atem. Manchmal ertönte das melancholische Pfeifen der Zieselmaus ...

Радость, — такая странная, тихая и оживляющая радость, грела сердце по мере того, как наполнялся желудок. Я позабыл о проклятых днях хронического голода, позабыл о моих товарищах, погруженный в наслаждение ощущениями, которые я переживал.

Но когда я сбросил с ладони в рот последние крошки хлеба, то почувствовал, что смертельно хочу есть.

— У него, анафемы, сало там еще осталось или мясо какое-то... — ворчал солдат, сидя на земле против меня и потирая руками желудок.

— Наверное, потому хлеб имел запах мяса... Да и хлеб, наверно, остался, — сказал «студент» и тихонько добавил: — Если бы не револьвер...

— Кто он такой?

— Видно, наш брат Исакий...

— Собака! — решил солдат.

Мы сидели тесной группой, посматривая туда, где сидел наш благодетель с револьвером. Оттуда до нас не доносилось ни звука, ни признака жизни.

Ночь собирала вокруг свои темные силы. Мертвенно-тихо было в степи, — мы слышали дыхание друг друга. Иногда где-то раздавался меланхолический свист суслика...

Sterne, die lebenden Himmelsblumen, funkelten über uns ... Uns verlangte zu essen.

Mit Stolz sag' ich es – ich war nicht schlechter und nicht besser als meine zufälligen Gefährten in dieser einigermaßen seltsamen Nacht. Ich machte ihnen den Vorschlag, aufzustehen und zu dem Menschen zu gehen. Wir brauchten ihn ja nicht anzurühren, aber wir wollten ihm alles aufessen, was wir fänden. Er wird schießen – mag er! Von Dreien trifft's nur einen, wenn es trifft; und trifft es auch, so verwundet eine Revolverkugel doch kaum tödlich.

»Gehen wir!« sagte der Soldat, indem er aufsprang. Der »Student« erhob sich langsamer als er. Und wir gingen, fast liefen wir. Der »Student« hielt sich hinter uns.

»Kamerad!« rief ihm der Soldat vorwurfsvoll zu.

Ein dumpfes Murmeln und der scharfe Ton des knackenden Hahnes kam uns entgegen. Dann blitzte es auf, der trockne Knall eines Schusses erschallte.

»Vorbei!« rief der Soldat froh, den Menschen mit einem Sprung erreichend. »Nun, Teufel, jetzt geb' ich's dir ...«

Der »Student« stürzte sich auf den Quersack. Der Teufel aber fiel von den Knien auf den Rücken und röchelte, die Hände von sich streckend ...

Звезды, живые цветы неба, горели над нами... Мы хотели есть.

С гордостью говорю — я был не хуже и не лучше моих случайных товарищей в эту несколько странную ночь. Я предложил им встать и идти на этого человека. Не нужно трогать его, но мы съедим все, что найдем. Он будет стрелять, — пускай! Из троих попадет только в одного, — если попадет; а если и попадет, так едва ли револьверная пуля убьет насмерть.

— Идем! — сказал солдат, вскочив на ноги.

«Студент» поднялся медленнее его.

И мы пошли, почти побежали. «Студент» держался сзади нас.

— Товарищ! — укоризненно крикнул ему солдат.

Навстречу нам неслось глухое бормотанье и резкий звук щелкающего курка. Вот сверкнул огонь, раздался сухой звук выстрела.

— Мимо! — радостно крикнул солдат, одним прыжком достигая человека. — Ну, дьявол, я ж тебе теперь задам...

«Студент» бросился к котомке.

А «дьявол» упал с колен на спину и, разметав руки, хрипел...

»Was, Teufel!« stutzte der Soldat, der schon den Fuß erhoben hatte, um dem Mann einen Stoß zu geben. »Hat er etwa auf sich geknallt? Du! Was ist dir? He! Hast du dich denn geschossen?«

»Und Fleisch, und Fladen, und Brot ... viel, Bruder!« ließ sich die frohlockende Stimme des Studenten hören.

»Nun, hol' dich der Teufel, krepiere ... Essen wir, Freunde!« rief der Soldat.

Ich nahm den Revolver aus den Händen des Menschen, der schon aufgehört hatte zu röcheln und jetzt regungslos dalag. In der Trommel war nur noch eine Patrone.

Wir aßen nochmals, aßen schweigend. Der Mensch lag auch und schwieg, ohne ein Glied zu rühren. Wir schenkten ihm keine Beachtung.

»Liebe Brüder, wie? alles das war wirklich nur ums Brot?« ertönte plötzlich eine heisere und bebende Stimme.

Wir fuhren zusammen. Der »Student« bekam sogar etwas in die Luftröhre und fing an zu husten, zur Erde gebückt.

Der Soldat zerkaute sein Stück und fing an zu schimpfen.

»Du Hundeseele, eins versetzen sollt' man dir, wie einem trocknen Klotz! Ziehen wir dir etwa das Fell ab? Wozu sollt' uns das? Halt' deine einfältige Schnauze, unsaubrer Geist! Ist bewaffnet und schießt auf die Leute! Du, Anathema ...«

— Что за черт! — изумился солдат, уже поднявший ногу, чтобы дать пинка этому человеку. — Неужто он в себя ахнул? Ты! Что ты? Эй! Застрелился, что ли?

— И мясо, и какие-то лепешки, и хлеб... много, братцы! — раздался ликующий голос «студента».

— Ну, черт с тобой, издыхай... Едим! — крикнул солдат. Я вынул револьвер из руки человека, который уже перестал хрипеть и лежал теперь неподвижно. В барабане был еще один патрон.

Мы снова ели, ели молча. Человек лежал и тоже молчал, не двигая ни одним членом. Мы не обращали на него внимания.

— Неужто, братцы родные, вы это только из-за хлеба? — вдруг раздался хриплый и дрожащий голос.

Мы все вздрогнули. «Студент» даже поперхнулся и, согнувшись к земле, стал кашлять.

Солдат, прожевав кусок, начал ругаться.

— Собачья ты душа, чтоб те треснуть, как сухой колоде! Шкуру, что ли, мы с тебя сдерем? На кой она нам нужна? Дурье твое рыло, поганый дух! На-ко! — вооружился и палит в людей! Анафема ты...

Er schimpfte und aß, wodurch das Geschimpf alle Kraft und Energie einbüßte.

»Wart', wir essen alles auf, dann rechnen wir mit dir ab,« versprach der »Student« unheilkündend ...

Da ließ sich in der Stille der Nacht ein wimmerndes Schluchzen hören, das uns erschreckte.

»Brüder ... wußte ich denn? Ich schoß ... weil ich Angst habe. Ich gehe von Neu-Athon ... nach dem Smolensker Gubernium ... o–oh, Gott! Das Fieber hat mich erschöpft ... sobald die Sonne unterging ... das ist mein Unglück! Des Fiebers wegen bin ich auch von Athon fortgegangen ... ich ... bin Tischler ... Die Frau ist zu Hause ... zwei Mädelchen ... drei Jahr', im vierten, hab' ich sie nicht gesehn ... Brüder! Eßt ihr alles ...«

»Wir essen alles auf, bitte nicht,« sagte der »Student«.

»Herrgott! Wenn ich gewußt hätte, daß ihr friedliche, gute Leute seid ... hätte ich dann geschossen? Aber hier, Brüder, ist die Steppe, Nacht ... bin ich denn schuld? ah?«

Er sprach und weinte, richtiger – gab ein zitterndes, schreckhaftes Gewimmer von sich.

»Plärrt!« sagte der Soldat verächtlich.

»Er muß Geld bei sich haben,« erklärte der »Student«.

Der Soldat kniff die Augen zusammen, sah ihn an und lachte.

»Worauf du nicht verfällst! Wißt ihr was, wir wollen das Feuer anstecken und schlafen ...«

Он ругался и ел, отчего ругань его теряла выразительность и силу...

— Погоди, вот мы поедим, так рассчитаемся с тобой, — зловеще пообещал «студент».

Тогда в тишине ночи раздались воющие рыдания, испугавшие нас.

— Братцы... разве я знал? Стрелял... потому что боюсь. Иду из Нового Афона... в Смоленскую губернию... господи! Лихорадка смаяла... как солнце зайдет — беда моя! От лихорадки и с Афона ушел... столярил там... столяр я... Дома жена... две девочки... три года четвертый не видал их... братцы! Всё ешьте...

— Съедим, не проси, — сказал «студент».

— Господи боже! кабы я знал, что вы мирные, хорошие люди... разве бы я стал стрелять? А тут, братцы, степь, ночь... виноват я?

Он говорил и плакал, вернее — издавал дрожащий, пугливый вой.

— Вот скулит! — презрительно сказал солдат.

— У него должны быть деньги с собой, — заявил «студент».

Солдат прищурил глаза, посмотрел на него и усмехнулся.

— А ты — догадливый... Вот что, давайте-ка костер запалим, да и спать...

»Und er?« erkundigte sich der Student.

»Hol' ihn der Teufel! Sollen wir ihn etwa braten?«

»Eigentlich gehörte es sich,« schüttelte der »Student« seinen spitzen Kopf.

Wir gingen nach dem von uns gesammelten Material, das wir dort hingeworfen hatten, wo uns der Tischler durch seinen drohenden Zuruf anhielt, holten es und saßen bald um das Feuer. Es brannte ruhig in der windstillen Nacht und erhellte in ihr den kleinen, von uns eingenommenen Raum. Der Schlaf überfiel uns, obwohl wir noch einmal Abendbrot hätten essen können.

»Brüder!« rief uns der Tischler zu. Er lag etwa drei Schritte von uns, und dann und wann war es mir, als flüstere er etwas.

»Ja?« sagte der Soldat.

»Kann ich zu euch ... ans Feuer? Ich muß sterben ... in all meinen Gliedern reißt es ... Gott! ich komm' gewiß nicht nach Hause ...«

»Kriech' her,« erlaubte der Student.

Langsam, als fürchte er, einen Arm oder ein Bein zu verlieren, rückte der Tischler auf der Erde an das Feuer heran. Er war ein großer, schrecklich abgemagerter Mann; alles baumelte gleichsam an ihm, und die großen, trüben Augen spiegelten den ihn verzehrenden Schmerz wieder. Sein verzerrtes Gesicht war knochig, und selbst bei der Beleuchtung des Feuers hatte es eine gelblich-grünliche Totenfarbe. Er zitterte am ganzen Leibe und erweckte ein verächtliches Mitleid.

— А он? — осведомился «студент».

— А черт с ним! Жарить нам его, что ли?

— Следовало бы, — сказал «студент», качнув своей острой головой.

Мы сходили за набранными нами материалами, которые бросили там, где остановил нас столяр своим окриком, принесли их и скоро сидели вокруг костра. Он тихо теплился в безветренную ночь, освещая маленькое пространство, занятое нами. Нас клонило ко сну, хотя мы все-таки могли бы еще раз поужинать.

— Братцы! — окликнул столяр. Он лежал в трех шагах от нас, и порой мне казалось, что он что-то шепчет.

— Да? — сказал солдат.

— Можно мне к вам... к огню? Смерть моя приходит... кости ломит!.. Господи! не дойду я, видно, домой-то...

— Ползи сюда, — разрешил «студент».

Столяр медленно, точно боясь потерять руку или ногу, подвинулся по земле к костру. Это был высокий, страшно исхудавший человек; все на нем как-то болталось, большие, мутные глаза отражали снедавшую его боль. Искривленное лицо было костляво и даже при освещении костра имело какой-то желтовато-землистый мертвенный цвет. Он весь дрожал, возбуждая презрительную жалость.

Seine langen, mageren Hände nach dem Feuer ausstreckend, rieb er seine knochigen Finger, und ihre Gelenke bogen sich matt und langsam. Schließlich wurde es einem zuwider, ihn anzusehen.

»Warum gehst du in solchem Zustand zu Fuß? – Bist du geizig?« fragte der Soldat mürrisch.

»Mir wurde geraten ... reise nicht zu Wasser, sagten sie ... sondern durch die Krim, da ist Luft, sagten sie. Aber ich kann nicht gehen ... ich sterbe, Brüder! Sterbe allein in der Steppe ... Vögel zerhacken mich, und niemand erfährt es ... Frau ... und Töchterchen werden warten ... ich hab' ihnen geschrieben ... aber meine Knochen wird der Steppenregen waschen ... Gott, Gott!«

Er wimmerte auf mit dem bangen Geheul eines verwundeten Wolfes.

»O, Teufel!« geriet der Soldat außer sich und sprang auf. »Was plärrst du? Was läßt du den Leuten keine Ruhe? Du krepierst? Nu, krepier', aber schweig' ... Wer braucht dich? Schweig'!«

»Gib ihm eins an den Schädel,« schlug der »Student« vor.

»Wir wollen uns hinlegen und schlafen,« sagte ich ... »Und du, wenn du am Feuer sein willst, heul' nicht, wirklich ...«

»Hast du gehört?« sagte der Soldat grimmig. »Ja, merk' es dir. Du denkst, wir werden dich bedauern und uns mit dir placken dafür, daß du uns das Brot hingeworfen und mit der Kugel nach uns geschossen hast? Du saurer Teufel! Andere würden ... pfui ...«

Протянув к огню длинные, худые руки, он потирал костлявые пальцы, суставы их гнулись вяло, медленно. В конце концов на него было противно смотреть.

— Что же ты это — в таком виде — пешком идешь? — скуп, что-ли? — угрюмо спросил солдат.

— Посоветовали мне... не езди, говорят, по воде... а иди Крымом, — воздух, говорят. А я вот не могу идти... помираю, братцы! Помру один в степи... птицы расклюют, и не узнает никто... Жена... дочки будут ждать — написал я им... а мои кости дожди будут степные мыть... Господи, господи!

Он завыл тоскливым воем раненого волка.

— О, дьявол! — взбесился солдат, вскочив на ноги. — Чего ты скулишь? Что ты не даешь покоя людям? Издыхаешь? Ну, издыхай, да молчи...

— Ляжемте спать, — сказал я. — А ты, коли хочешь быть у огня, так не вой, в самом деле...

— Слышал? — свирепо сказал солдат. — Ну, и понимай. Ты думаешь, мы возиться с тобой будем за то, что ты в нас хлебом швырял да пули пускал? Кислый черт! Другие бы, — тьфу!..

Der Soldat schwieg und streckte sich auf der Erde aus.

Der Student lag schon. Ich legte mich auch. Der erschrockene Tischler zog sich in einen Klumpen zusammen, und an das Feuer rückend, sah er schweigend hinein. Ich lag rechts von ihm und hörte, wie seine Zähne klapperten. Der »Student« lag links und war, wie es schien, gleich eingeschlafen, in einen Klumpen zusammengezogen. Der Soldat hatte die Hände unter den Kopf gelegt, lag mit dem Gesicht nach oben und sah den Himmel an.

»Welch eine Nacht, ah? So viele Sterne ... solche Wärme ...« wandte er sich nach einer Weile an mich. »Welch ein Himmel – eine Decke, kein Himmel. Freund, ich liebe dies Wanderleben. Es ist kalt, es ist hungrig, aber frei ist es sehr ... Kein Vorgesetzter über einem ... man ist sein eigner Herr ... Beiß' dir meinetwegen den Kopf ab – niemand hat dir ein Wort zu sagen ... Das ist gut ... Ich hab' diese Tage gehungert, war böse ... aber jetzt lieg' ich da und seh' in den Himmel ... Die Sterne blinzeln mir zu ... gleich als wollten sie sagen: tut nichts, Lakutin, kehr' dich an nichts, durchwandre die Erde und unterwirf dich keinem ... N–ja ... Und wohl ist's einem ums Herz ... Und du ...? he, Tischler! Sei nicht böse auf mich und fürchte nichts ... Daß wir dein Brot verzehrt haben, ist nichts – Du hattest Brot, und wir hatten keins, da haben wir das deine gegessen ...! Und du schießest auf uns, wilder Mensch ... Weißt du denn nicht, daß die Kugel einem Menschen Schaden tun kann? Vorhin war ich sehr ärgerlich auf dich, und wärst du nicht gefallen, hätt' ich dir für deine Frechheit eins versetzt, Bruder.

Солдат замолчал и вытянулся на земле.

«Студент» уже лежал. Я тоже лег. Напуганный столяр съежился в комок и, подвинувшись к огню, молча стал смотреть на него. Я слышал, как стучали его зубы. «Студент» лег слева и, кажется, сразу заснул, свернувшись в комок. Солдат, заложив руки под голову, смотрел в небо.

— Экая ночь, а? Звезд сколько... — обратился он ко мне. — Небо-то — одеяло, а не небо. Люблю я, друг, эту бродяжную жизнь. Оно и холодно и голодно, но свободно уж очень... Нет над тобой никакого начальства... Хоть голову себе откуси — никто тебе слова не скажет. Наголодался я за эти дни, назлился... а вот теперь лежу, смотрю в небо... Звезды мигают мне: ничего, Лакутин, ходи, знай, по земле и никому не поддавайся... И на сердце хорошо... А ты, — как тебя? эй, столяр! Ты не сердись на меня и ничего не бойся... Что мы хлеб твой съели, это ничего: у тебя был хлеб, а у нас не было, мы твой и съели... А ты, дикий человек, пули пускаешь... Неужто ты не понимаешь, что пулей вред человеку можно сделать? Очень я на тебя давеча рассердился, и, ежели бы ты не упал, вздул бы я тебя, брат, за твою дерзость.

Aber was das Brot anbetrifft – morgen kommst du nach Perekop und kaufst dir was – du hast Geld ... ich weiß ... Hast du das Fieber schon lange?«

Noch lange summte in meinen Ohren der Baß des Soldaten und die bebende Stimme des kranken Tischlers. Dunkel, fast schwarz senkte sich die Nacht immer tiefer auf die Erde hernieder, und frische, kräftige Luft ergoß sich in die Brust.

Gleichmäßiges Licht und belebende Wärme gingen von dem Feuer aus ... Die Augen fielen zu, und vor ihnen, durch den Schlummer, schwebte etwas Beruhigendes, Läuterndes.

»Steh' auf! Rasch! Wir wollen gehen!« Mit einem Gefühl des Schreckens öffnete ich die Augen und sprang auf die Füße, wobei der Soldat half, der mich kräftig am Arm von der Erde emporzog.

»Nun rasch! Vorwärts!«

Sein Gesicht war finster und aufgeregt. Ich sah mich um. Die Sonne ging auf, und ein rosiger Strahl lag schon auf dem unbeweglichen, blauen Gesicht des Tischlers. Sein Mund war offen, die Augen, weit aus den Höhlen getreten, hatten einen gläsernen Blick, der Entsetzen ausdrückte. Seine Kleidung war auf der Brust ganz zerrissen, und er lag in unnatürlich-gebrochner Haltung. Der »Student« war nicht da.

»Nun, hast du dich sattgesehen? Komm, sage ich!« sprach der Soldat eindringlich, mich an der Hand fortziehend.

»Er ist tot?« fragte ich, von der Morgenfrische durchschauert.

А насчет хлеба — дойдешь ты завтра до Перекопа и купишь там, — деньги у тебя есть, конечно... Давно ты схватил лихорадку-то?

Долго еще в моих ушах гудел бас солдата и дрожащий голос больного столяра. Ночь — темная, почти черная — спускалась все ниже на землю, и в грудь лился свежий, сочный воздух.

От костра исходил ровный свет и живительное тепло... Глаза слипались.

— Вставай! Живо! Идем!

Я с испугом открыл глаза и быстро вскочил на ноги, чему помог солдат, сильно дернув меня с земли за руку.

— Ну, живо! Шагай!

Лицо у него было сурово и тревожно. Я оглянулся вокруг. Всходило солнце, уже розовый луч его лежал на неподвижном, синем лице столяра. Рот у него был открыт, глаза далеко вышли из впадин и смотрели стеклянным взглядом, выражая ужас. Одежда на его груди вся изорвана, он лежал в неестественно изломанной позе. «Студента» не было.

— Ну, загляделся! Иди, говорю! — внушительно сказал солдат, таща меня за руку.

— Он умер? — спросил я, вздрагивая от утренней свежести.

»Allerdings. Erwürgt man dich, bist du auch tot,« erklärte der Soldat.

»Der Student ... hat ihn ...?« rief ich aus.

»Nun, was denn? Du vielleicht? Oder sonst ich? Wie? Da haben wir den Gelehrten ... ist schnell mit dem Menschen fertig geworden ... und uns hat er gut reingelegt ... Hätt' ich das gewußt, gestern hätt' ich den Studenten niedergeschlagen ... Niedergeschlagen mit einem Streich. Mit einem Schlag meiner Faust in die Schläfe ... und ein Schurke war' weniger in der Welt. Begreifst du, was er gemacht hat? Jetzt müssen wir so gehen, daß kein menschliches Auge uns in der Steppe sieht. Verstanden? Denn sie finden heut den Tischler und sehen –, er ist erwürgt und beraubt. Und unsereiner wird beobachtet: Woher kommst du, wo hast du genächtigt? Nun – und wir werden aufgegriffen ... Obwohl wir beide nichts haben ... aber seinen Revolver hab' ich in der Brusttasche. Das ist 'n Stück!«

»Wirf ihn fort,« riet ich dem Soldaten.

»Fortwerfen?« sagte er nachdenklich ... »Es ist ein wertvolles Ding ... Vielleicht werden wir auch nicht aufgegriffen ... Nein, ich werf' ihn nicht weg ... wer kann wissen, daß der Tischler eine Waffe hatte? Ich werf' ihn nicht weg ... Er kostet wohl drei Rubel. Eine Kugel ist drin ... ach, ach! Hätt' ich diese Kugel doch unserm lieben Kameraden ins Ohr geschossen ... Wieviel Geld mag er geraubt haben, der Hund, ah? Anathema!«

»Und des Tischlers Töchterchen ...« sagte ich.

»Töchterchen? Welche? Ach, von diesem ... Nun, sie werden groß, uns heiraten sie nicht, von ihnen ist

— Конечно. И тебя удушить, так ты умрешь, — объяснил солдат.

— Его — «студент»? — воскликнул я.

— Ну, а кто же? Ты, может? А то я? Вот те и ученый... Ловко управился с человеком... и товарищей своих в рюху всадил. Знай я это, я бы вчера этого «студента» убил. Убил бы с одного разу. Трах его кулаком в висок... и нет на свете одного мерзавца! Ведь что он сделал, ты понимаешь? Теперь мы должны так идти, чтобы ни один глаз человеческий не видал нас в степи. Понял? Потому — столяра сегодня найдут и увидят — удушен и ограблен. И будут смотреть за нашим братом... откуда идешь, где ночевал? Хотя при нас с тобой и нет ничего... а револьвер-то его у меня за пазухой! Штука!

— Ты его брось, — посоветовал я солдату.

— Бросить? — задумчиво сказал он. — Вещь-то ценная... А может, нас и не словят еще?.. Нет, я не брошу... кто знает, что у столяра оружие было? Не брошу... Он рубля три стоит. Пуля в нем есть... эхма! Как бы эту я самую пулю милому товарищу нашему в ухо выпустил! Сколько он, собака, денег огреб, — а? Анафема!

— Вот те и дочки столяровы... — сказал я.

— Дочки? Какие? А, у этого. Ну, они вырастут, замуж-то не за нас выйдут, об них и

nicht die Rede ... Gehen wir schnell, Bruder ... Wohin wollen wir?«

»Ich weiß nicht ... Ganz gleich.«

»Ich weiß auch nicht, und weiß, daß es ganz gleich ist. Laß uns rechts gehen ... da muß das Meer sein.«

Wir gingen rechts.

Ich wandte mich zurück. Fern von uns in der Steppe erhob sich ein dunkles Hügelchen, und über ihm strahlte die Sonne.

»Siehst du, ob er nicht auferstanden ist? Hab' keine Angst, er holt uns nicht ein ... Der Gelehrte – ein geriebner Bursche, wie's scheint, – hat es gründlich besorgt ... Ja, das ist ein Kamerad! Tüchtig hat er uns reingelegt! Ach, Bruder! Die Leute werden schlechter, von Jahr zu Jahr werden sie schlechter!« sagte der Soldat traurig.

Ganz von heller Morgensonne übergossen, breitete sich die Steppe, die schweigende, öde, um uns aus, am Horizont mit dem Himmel zusammenfließend, einem so hellen, so freundlichen, so freigebigen Himmel, daß inmitten der erhabenen Weite dieser freien, von dem strahlenden Lichtglanze bedeckten Ebene jede schwarze und ungerechte Tat unmöglich schien.

»Und essen möcht' man, Bruder!« sagte der Soldat, indem er sich eine Zigarette aus Bauerntabak drehte.

»Was werden wir heut essen und wo und wie?«

Ein Rätsel!

разговору нет... Идем, брат, скорее... Куда нам идти?

— Я не знаю... Все равно.

— И я не знаю, и знаю, что все равно. Идем вправо: там должно море быть.

Мы пошли вправо.

Я обернулся назад. Далеко от нас в степи возвышался темный бугорок, а над ним сияло солнце.

— Смотришь, не воскрес ли? Не бойся, догонять нас не встанет... Ученый-то, видно, со сноровкой парень, основательно управился... Ну, и товарищ! Здорово он нас всадил! Эх, брат! Портятся люди, из года в год все больше портятся! — печально сказал солдат.

Степь, безмолвная и пустынная, вся залитая ярким солнцем утра, развертывалась вокруг нас, сливаясь на горизонте с небом, таким ясным, ласковым и щедрым светом, что всякое черное и несправедливое дело казалось невозможным среди великого простора этой свободной равнины, покрытой голубым куполом небес.

— А жрать-то хочется, брат! — сказал мой товарищ, свертывая папироску.

— Чего мы сегодня поедим, и где, и как?

Задача!

Hiermit beendete der Erzähler – mein Nachbar auf der Schlafbank eines Krankenhauses – seine Geschichte, indem er zu mir sagte:

»Das ist alles. Ich befreundete mich sehr mit diesem Soldaten, und wir gingen zusammen bis nach Kars. Es war ein guter und sehr erfahrener Bursche, der Typus eines Barfüßer-Landstreichers. Ich achtete ihn. Bis nach Klein-Asien gingen wir zusammen, und dort verloren wir einander ...«

»Denken Sie manchmal an den Tischler?« fragte ich.

»Wie Sie sehen oder – wie Sie gehört haben.«

»Und welche Gefühle haben Sie bei diesem Gedanken?«

Er fing an zu lachen.

»Was sollte ich dabei fühlen? Ich habe an dem, was mit ihm geschah, keine Schuld, wie Sie keine Schuld daran haben, was mir geschehen ist ... Und keiner hat Schuld an etwas, denn wir alle sind gleicherweise – Vieh.«

На этом рассказчик — мой сосед по больничной койке — кончил свою повесть, сказав мне:

— Вот и все. Я очень подружился с этим солдатом, мы с ним вместе дошли до Карсской области. Это был добрый и опытный малый, типичный бродяга. Я уважал его. До самой Малой Азии шли мы вместе, а там потеряли друг друга...

— Вы вспоминаете иногда о столяре? — спросил я.

— Как видите или — как слышали...

— И... ничего?

Он засмеялся.

— А что я должен чувствовать при этом? Я не виноват в том, что с ним случилось, как вы не виноваты в том, что случилось со мной... И никто ни в чем не виноват, ибо все мы одинаково — скоты.